AF355750

COLLECTION

A. POLOVTSOFF

DEUXIÈME VENTE

CONDITIONS DE LA VENTE

Elle sera faite au comptant.

Les adjudicataires paieront **dix pour cent** en sus des enchères.

Paris. — Imp. Georges Petit, 12, rue Godot-de-Mauroi. — 20180-09

CATALOGUE

DES

BIJOUX

BROCHES, PARURES, BRACELETS

MONTÉS DE PERLES, BRILLANTS ET PIERRES DE COULEUR

ORFÈVRERIE

TABLEAUX ANCIENS

Faïences Italiennes, Porcelaines diverses

Laques et Matières dures d'Extrême-Orient

OBJETS DE VITRINE

Étuis, Boites, Miniatures, Bijoux anciens

VITRAUX ANCIENS, SCULPTURES, OBJETS VARIÉS

DENTELLES ANCIENNES — ÉTOFFES

Etc., etc., etc.

PROVENANT DE LA

Collection de M. A. POLOVTSOFF

ET DONT LA DEUXIÈME VENTE AUX ENCHÈRES PUBLIQUES AURA LIEU

HOTEL DROUOT, Salle N° 7

Les Mardi 7 et Mercredi 8 Décembre 1909

à 2 heures

COMMISSAIRE-PRISEUR : **Me F. LAIR-DUBREUIL**, 6, rue Favart.

EXPERTS

Pour les Bijoux et l'Orfèvrerie :

M. GEORGES FALKENBERG | **M. ROBERT LINZELER**

6, rue Lafayette | 9, rue d'Argenson

Pour les Tableaux et Objets d'art :

MM. PAULME & B. LASQUIN Fils

10, rue Chauchat | 11, rue Grange-Batelière

EXPOSITION PUBLIQUE

Le Lundi 6 Décembre 1909, de 2 heures à 6 heures.

DÉSIGNATION

BIJOUX

3.060 1 — BROCHE, formant bouquet, enrichie de perles, brillants et rubis, et attachée par un nœud en rub= et
roses.

2.559 2 — BROCHE camée : tête de femme, entourée d'un rang
de brillants, surmontée de petits motifs en brillants.

1.855 3 — FERMOIR camée, entouré d'un rang de brillants.

1.900 4 — BROCHE, petit camée entouré d'un rang de brillants.

510 5 — FERMOIR, petit camée entouré d'un rang de brillants.

981 6 — PARURE, composée d'une broche et de deux boutons
de manchettes en or et améthyste, représentant des
têtes de chiens, entourées de brillants et de perles.

7 — PARURE, composée d'une broche et de boutons de
manchettes, montés de grosses améthystes et enrichis
chacun de six brillants.

8 — BROCHE améthyste cabochon, entourée de roses.

9 — DEUX BOUCLES D'OREILLES, formées d'un nœud en brillants, avec camée au centre, et de pendentif également en brillants et camée.

10 — BROCHE papillon, pavée de brillants et enrichie d'émeraudes, de rubis et de turquoises.

11 — PARURE, composée d'un collier avec pendentif, d'une broche et de deux boucles d'oreilles en or émaillé, enrichies de grenats et de brillants.

12 — PETIT COLLIER, formé de plaques en or, orné d'intailles et de cabochons et reliés par des petites chaînes en or. XVIIIe siècle.

13 — BRACELET, tissu souple, en or, avec plaque or, enrichie d'une perle, de rubis, brillants et roses.

14 — BRACELET porte-bouheur en forme de ruban, fermé par une boucle et un coulant enrichi de roses.

15 — COLLIER et boutons de manchettes, boules or.

16 — ÉPINGLE de chapeau, boule hérisson pointée de petites perles.

17 — ÉPINGLE de cravate intaille, montée en or.

18 — COLLIER boules cristal, chaîne en velours avec fermoir en or, quatre broches et deux boutons japonais montés or.

ORFÈVRERIE

19 — DEUX HUILIERS, forme bateau, décorés de coquilles et de faisceaux rubans, de style Louis XV.

20 — PETITE CAFETIÈRE, de style Louis XV, à pans, décorée de godrons et de lambrequins.

21 — ENCRIER, de style Louis XVI, supporté par quatre patins, têtes et griffes de lion. Le socle contient un tiroir et le couvercle forme sonnette.

22 — HUIT SALIÈRES carrées, cristal bleu, décorées de guirlandes et de faisceaux rubans, de style Louis XV.

23 — BOÎTE de toilette en vermeil, à godrons, décorée de deux têtes de lions, couvercle surmonté d'une couronne ducale de style Louis XVI.

24 — BOUGEOIR, décoré de rinceaux, de style Louis XIV.

25 — DEUX PETITES POIVRIÈRES à pans, décorées de rinceaux ciselés, de style Louis XIV.

26 — MOUTARDIER vermeil, décoré de têtes d'enfants et de guirlandes de vigne, de style Louis XVI.

27 — BOÎTE à épices octogonale, décorée de mascarons et de lambrequins, de style Louis XIV.

28 — AIGUIÈRE ET SON PLATEAU, décorée d'oves, de style Louis XIV.

29 — Plat à anses, bordure oves, marli ciselé, travail étranger, de style Louis XIV.

30 — Deux grandes boîtes de toilette en vermeil, d'après les modèles de Germain, de style Louis XV.

31 — Boîte de toilette, côtes, ovale, de style Louis XIV.

32 — Boîte à épices, couvercle à charnières, avec la ràpe à muscade ovale, de style Louis XIV.

33 — Deux salières doubles, à couvercle coquille, de style Louis XV.

34 — Écritoire, composée d'un plateau, de deux godets d'encriers et d'un poudrier, de style Régence.

35 — Aiguière, anse surmontée d'une tête de femme, de style Louis XIV.

36 — Deux poudrières à sucre rondes, décorées de lambrequins et d'arabesques, de style Louis XIV.

37 — Deux poudrières à pans et moulures godrons, décorées de médaillons, de style Louis XIV.

38 — Écritoire, composée d'un socle, de trois godets d'encriers, d'un poudrier et d'une sonnette, décorée de côtes et de guirlandes, de style Louis XV.

39 — Deux seaux à rafraîchir en plaqué, décorés de panneaux, moulures faisceaux rubans, de style Louis XV.

40 — Paire de flambeaux en vermeil, le fùt décoré de guirlandes, le pied décoré de canaux et de coquilles, de style Louis XV.

41 — Deux seaux à champagne en plaqué, côtes torses, pieds décorés de faisceaux et rubans, de style Louis XV.

TABLEAUX ANCIENS

ÉCOLE ALLEMANDE

72¿   42 — *Portrait d'homme.*

De profil, coiffé d'une toque.

Panneau. Haut., 36 cent.; larg., 3o cent.

ÉCOLE ALLEMANDE

2.400   43 — *Portrait de femme.*

Les mains jointes, la tête enveloppée d'un bonnet.

Panneau. Haut., 73 cent. 1/2 ; larg., 58 cent.

ÉCOLE FRANÇAISE (XVIIᵉ siècle)

100   44 — *Portrait de l'abbé Severs.*

Toile. Haut., 66 cent.; larg., 56 cent.

ÉCOLE FRANÇAISE (XVIIᵉ siècle)

185   45 — *Saint personnage.*

Toile. Haut., 40 cent.; larg., 3ı cent.

ÉCOLE HOLLANDAISE

46 — *Portrait de jeune garçon.*

Vu à mi-corps, tenant son chapeau.

Panneau. Haut., 89 cent.; larg., 63 cent.

GREUZE (D'après)

47 — *Portrait de jeune fille.*

En buste, le corsage ouvert.

Toile. Haut., 40 cent.; larg., 34 cent.

Cadre en bois sculpté doré.

GREUZE (D'après)

48 — *Portrait de fillette assise.*

En buste, coiffée d'un bonnet à ruban.

Toile. Haut., 47 cent.; larg., 38 cent. 1/2.

GREUZE (D'après)

DEUX PENDANTS

49-50 — *Portraits de jeune garçon et de fillette.*

En costume blanc et marron.

Toile. Haut., 42 cent. 1/2 ; larg., 34 cent. 1/2.

Cadres en bois sculpté doré.

LÉPICIÉ (Genre de)

51 — *Buste de jeune paysanne.*

Coiffée d'un fichu blanc, noué.

Toile. Haut., 48 cent.; larg., 40 cent.

Cadre en bois sculpté doré.

NEUHUYS (J.-A.)

52 — *Scène d'intérieur.*

Signé en bas, à gauche.

Bois. Haut., 62 cent.; larg., 48 cent.

FAIENCES ET PORCELAINES

53 — Vase de forme sphérique, en ancienne faïence italienne, à décor de médaillons-bustes d'hommes, et rinceaux feuillagés et fleuris sur fond bleu.

54 — Paire de vases à deux anses, en ancienne faïence italienne, ornés chacun d'un cartel et fond de rinceaux de feuillages en bleu sur fond blanc.

55 — Paire de vases-cornets en ancienne faïence italienne, décorés chacun d'une figure allégorique dans un médaillon ovale, et d'attributs guerriers sur fond bleu.

56 — Paire de gros vases, forme cornet, en ancienne faïence italienne, décorés chacun d'une figure de saint personnage debout, dans un médaillon, entouré de rinceaux feuillagés et fleuris en couleur sur fond bleu.

57 — Deux vases-cornets en ancienne faïence italienne, à décor de buste de femme dans un médaillon ovale, et rinceaux de feuillages en bleu.

58 — Petit plat rond, creux, en ancienne porcelaine de Chine, décorée en couleur, à personnages chinois ; bordure à médaillons insectes et fond carrelé.

59 — Deux grands plats creux, ronds, en ancien céladon de Chine, dont un gravé sous couverte, gris ou vert.

60 — **Deux plats** ovales et deux plats ronds, en ancienne porcelaine de la Compagnie des Indes, décorée en couleur et dorure, de fleurs, fruits, arbustes et personnages.

61 — **Paire de pots** cylindriques couverts, en porcelaine genre Inde, décorée en couleur et dorure, de fleurs et des armoiries de France.

62 à 69 — **Dix-huit plats** variés de grandeur et de décor, en ancienne porcelaine du Japon, richement ornée en couleur et dorure, fleurs, arbustes, personnages, etc. (Sera divisé.)

70 — **Petite tasse** et soucoupe en porcelaine de Saxe, décor par compartiments, paysages avec personnages et imbrications sur fond violet.

71 — **Petite tasse** couverte et sa soucoupe en ancienne porcelaine de Saxe, fond rouge et médaillons réserves, personnage en couleurs.

72-73 — **Quatre oiseaux** sur troncs d'arbres, en porcelaine de Saxe, décorée au naturel.

74 — **Petit flacon** forme rocaille, porcelaine de Berlin, oiseaux sur des branchages.

75 — **Déjeuner tête-à-tête** en porcelaine de Berlin, comprenant, sur un plateau à deux anses rocailles : deux tasses et soucoupes, une cafetière (incomplète), un crémier et un sucrier couvert, décor branchages en relief et bouquets de fleurs en camaïeu.

76 — Deux pots à pommade cylindriques couverts, en porcelaine tendre, à fond bleu turquoise ; médaillons réservés, amours et fleurs.

77 — Bouillon couvert et son présentoir ovale, en porcelaine tendre à fond bleu de roi, décorée de réserves : oiseaux sur des branchages, en couleurs.

78 — Bouillon couvert et son présentoir, en porcelaine tendre à fond bleu turquoise, décorée de réserves encadrées de dorure : amours, gerbes de fleurs et attributs.

79 — Petit compotier carré à bord contourné, en ancienne porcelaine tendre blanche de Sèvres, enrichie d'un décor en couleur, offrant au centre une gerbe de fleurs et au marli quatre médaillons à oiseaux encadrés de dorure et réserves sur fond rose.

80 — Plateau ovale en porcelaine tendre décorée de médaillons, fleurs et volatiles réservés sur fond bleu.

81 — Plateau ovale de forme lobée, à deux anses, en ancienne porcelaine tendre blanche de Sèvres, enrichie d'un décor à ruban bleu turquoise et pointillé d'or. Au centre, gerbe de roses ; au pourtour, fleurettes.

82 — Grand vase pot-pourri couvert, à piédouche, en porcelaine tendre décorée, sur fond bleu turquoise rehaussé de dorure, de deux médaillons réservés, marines dans le goût de Morin.

115

83 — Vase pot-pourri en porcelaine tendre, décorée, en relief, de branchages fleuris sur fond bleu turquoise, rehaussé de dorure.

250

84 — Service a thé en porcelaine tendre, comprenant : douze tasses et soucoupes, décor d'oiseaux en couleur sur fond blanc, bordures et marlis fond bleu, rehaussés de dorure.

400

85 — Trente-cinq assiettes en ancienne porcelaine blanche de Sèvres, à marli gaufré à vannerie, enrichies d'un décor d'oiseaux sur des branchages en couleurs au centre et d'une bordure dentelée en dorure, sur fond bleu turquoise au marli.

86 — Dix-huit assiettes en ancienne porcelaine tendre blanche de Sèvres, à marli gaufré à vannerie, enrichies d'un décor de volatiles sur des branchages en couleur au centre et de deux bordures dorées sur fond bleu turquoise au marli.

160

87 — Douze assiettes en ancienne porcelaine tendre blanche, à bord contourné, enrichies d'un décor dans le goût de Sèvres ; au centre, groupe de personnages chinois et arbustes ; au marli, petits bouquets de fleurs, et bordure à hachures bleues.

285

88 — Vase couvert sur piédouche en porcelaine tendre à reliefs : anses, godrons et guirlandes. Il est décoré, sur fond bleu turquoise, de deux médaillons réservés, avec amours en camaïeu rose.

1.010

89 — Groupe en ancien biscuit de Sèvres, par Le Riche, d'après Boizot, *l'Amour médecin*.

90 — GRAND GROUPE en ancien biscuit de Locré, représentant Apollon sur un rocher formant piédestal, agrémenté de figures allégoriques.

LAQUES & MATIÈRES DURES
de la Chine et du Japon

91 — DEUX BOÎTES rectangulaires à angles arrondis, en laque d'or du Japon, à décor de petits paysages en réserves.

92 — DEUX PETITES BOÎTES rectangulaires, et une autre ronde, en laque du Japon, variées de décor. Ensemble trois pièces.

93 — COFFRET en ancienne laque d'or du Japon, à fond aventuriné et paysages.

94 — COFFRET rectangulaire à deux tiroirs en laque du Japon, décoré en dorure de paysages.

95 — GRAND COFFRET rectangulaire en laque noire du Japon, décoré en dorure de feuillage.

96 — COFFRET de forme carrée, à faces ajourées, ouvrant en deux parties, en laque noire du Japon, décoré en relief et dorure de fleurs et papillons. Il renferme, avec des petits tiroirs, une petite théière et deux flacons en argent gravé.

440

97 — Coffret rectangulaire ouvrant à porte et renfermant trois tiroirs intérieurs, en ancienne laque d'or du Japon, décor de branchages fleuris.

250

98 — Étagère à tiroirs et compartiments en laque du Japon, décoré en dorure et en relief de rochers, dragons, personnages, etc., sur fond aventuriné.

99 — Petit plateau carré à bord relevé en ancienne laque du Japon, décoré de rochers et pagode, à fond aventuriné, bordure à carrelage.

100 — Deux plateaux circulaires à bord relevé en laque du Japon, décorés sur fond aventuriné de trois petits tableaux figurant des paysages.

101 — Six coupes variées de grandeur en laque du Japon, à fond rouge et fond or.

102 — Coupe en laque d'or du Japon, décorée d'oiseaux et roseaux.

500

103 — Vase porté par un coq, en cristal de roche taillé, reposant sur un socle en bois de fer ajouré. Travail chinois.

Haut. totale, 18 cent. 1/2.

640

104 — Vase en forme d'aiguière à bec et anse, supporté par une chimère, en cristal de roche taillé. Travail chinois.

Haut., 15 cent.

105 — Vase à deux anses en cristal de roche taillé, orné en relief d'une branche de pêcher : fleur et fruits. Travail chinois.

Haut., 14 cent. 1/2.

106 — Vase à deux anses et couvercle en cristal de roche taillé (fracture). Travail chinois.

Haut., 14 cent.

OBJETS DE VITRINE

Etuis, Boîtes en émail et en porcelaine, Miniatures.

107 — Miniature ovale : portrait de femme en corsage rose décolleté, enrichi de pierreries. Époque Régence.

108 — Petite miniature ovale : portrait d'officier en uniforme bleu pâle, décoré d'ordres. xviiie siècle.

109 — Miniature ovale : portrait d'homme en habit rouge ouvert sur un gilet à revers et jabot de linon. xviiie siècle.

110 — Miniature ovale : portrait d'homme en habit bleu, collet à revers rouge ; dans un cadre, médaillon ovale en or. Commencement du xixe siècle.

111 — Étui en peau de serpent, renfermant un petit couvert : cuiller et couteau, lames d'argent doré et manche émaillé de fleurs en couleurs. xviie siècle.

112 — Chatelaine et étui-nécessaire en cuivre repoussé, orné de plaques d'agate. Il renferme quelques petits ustensiles à monture d'or. Époque Louis XV.

113 — Étui-nécessaire monté à charnières en or gravé, à branches de fleurs en agate. Il est muni de petits ustensiles en or. Époque Louis XV.

114 — Étui ouvrant à charnière en prime d'améthyste, orné d'insectes et de branches fleuries en pierres dures. Époque Louis XV.

115 — Petit flacon en cristal avec monture d'or et bouchon émaillé, orné d'un écureuil et de fleurettes. xviii° siècle.

116 — Petit étui a aiguilles décoré au vernis de rayures. xviii° siècle.

117 — Étui a aiguilles forme aplatie, décoré au vernis de médaillons ovales : enfants dans des paysages. xviii° siècle.

118 — Étui à deux flacons, décoré au vernis d'un semi de pointillés d'argent sur fond bleu. xviii° siècle.

119 — Étui a aiguilles cerclé d'or, décoré au vernis de branches fleuries, en dorure sur fond noir. xviii° siècle.

120 — Étui-nécessaire en ivoire avec monture d'or gravé. Il est muni de petits ustensiles en or. xviii° siècle.

121 — Étui en or, ouvrant à charnière, à décor de rinceaux et rocailles ; cachet en pierre dure gravée avec devise. xviii° siècle.

122 — Etui ouvrant à charnière, en or ciselé à rocailles
et fleurettes, orné de petites plaques en agate arbo-
risée.

123 — Étui cylindrique, en agate rubanée à monture
d'or.

124 — Étui cylindrique, en ancienne porcelaine décorée
de festons de fleurs en spires. Monture argent.

125 — Trois étuis en porcelaine décorée : oiseaux et
paysages animés.

126 — Deux étuis en ancien émail, décoré de fleurs en
couleur.

127 — Étui rectangulaire aplati, en or repoussé, à décor
d'amours, oiseaux et arabesques.

128 — Petite boite rectangulaire en ancien émail de
Saxe orné de myosotis; paysage en grisaille au revers
du couvercle et l'inscription : *Vergis mein nicht.*

129 — Boite rectangulaire en ancien émail de Saxe décoré
en camaïeu rose de paysages animés. Monture en
argent doré.

130 — Boite ovale de forme contournée, en ancien émail
de Saxe, à médaillons de paysages maritimes en
camaïeu rose, guirlandes de fleurs sur fond d'or.
Monture en argent doré.

131 — Boite rectangulaire en ancien émail de Saxe, à
décor de sujets guerriers; au revers du couvercle,
attributs militaires et inscription allemande.

132 — TABATIÈRE forme petit soulier, en ancien émail décoré de fleurettes.

133 — NAVETTE er ancienne porcelaine de Saxe, à décor de reliefs et bouquets de fleurs.

134 — GRANDE BOITE oblongue en ancienne porcelaine de Saxe, à reliefs et bouquets de fleurs en couleurs.

135 — SIX BOITES rectangulaires en porcelaine décorée à fleurs, médaillons guerriers, etc.

136 — GRANDE BOITE rectangulaire en porcelaine tendre dorée à Sèvres et décorée d'oiseaux et branches fleuries ; la partie inférieure à fond vert. Monture en or.

137 — QUATRE BOITES de formes diverses, en porcelaine décorée : fleurettes, paysages avec oiseaux.

138 — DEUX BOITES ovales dont l'une à deux tabacs, de même porcelaine, l'une à monture de bas or. Décor de fleurs ou amours.

139 — BOITE ovale, en forme de corbeille à vannerie, en porcelaine tendre, bleu turquoise, à décor, sur le couvercle, d'un faisan, et à son revers, d'une gerbe de fleurs. Monture en argent gravé et doré.

140 — PETITE BOITE oblongue, en ancienne porcelaine tendre de Mennecy, à pâte gaufrée, et décorée de fleurs en couleurs. Monture argent.

141 — DEUX MÉDAILLONS, forme octogonale, en émail translucide, sujets à deux personnages. Petit cadre en argent doré. XVIe siècle.

142 — Petit reliquaire pendenif en ébène; à l'intérieur, petit bas-relief sculpté : Descente de Croix. Fin du xvie siècle.

143 — Petite croix reliquaire en or émaillé en couleur, avec inscriptions, renfermant, à l'intérieur, un petit crucifix, et enrichie d'une perle. xviie siècle.

144 — Deux petits cadres ovales, en métal doré, ornés de petites appliques-rinceaux, enrichies de petites perles fines et pierres. xviie siècle.

145 — Médaillon reliquaire de forme ovale, en cristal de roche, orné d'appliques à rinceaux en or, partiellement émaillés, et enrichi d'une petite perle fine. xviie siècle.

146 — Cadre-médaillon de reliquaire en or, partiellement émaillé en couleur. xviiie siècle.

147 — Médaillon-reliquaire en or ajouré et émaillé en couleur. Anneau brisé argent doré. xviie siècle.

148 — Médaillon octogonal, en cristal taillé, renfermant, à l'intérieur, une tête d'homme en or, partiellement émaillé. xviie siècle.

149 — Pendentif en forme de vase, en or émaillé, sujet biblique.

150 — Médaillon-pendentif de forme ronde, en or émaillé, représentant la Naissance du Christ et l'Ascension.

151 — **Pendentif** fait d'une ancienne médaille en or, encadrée dans un médaillon à rinceaux fleuris, émaillé en couleur, et enrichi de perles fines.

152 — **Bijou-pendentif** formé d'une perle baroque, montée en or ciselé et partiellement émaillé, figurant un dieu marin.

153 — **Petit médaillon** ovale, en or, partiellement émaillé, orné de deux petits sujets en verre églomisé, et enrichi de trois perles fines.

154 — **Médaillon** fait d'une ancienne médaille en or, dans un encadrement en or émaillé.

155 — **Médaille** en argent doré, représentant le Sacrifice d'Abraham et la Crucifixion.

156 — **Bague** en or ciselé, ornée d'une pierre rouge.

157 — **Bague** en or ciselé, partiellement émaillée, ornée d'un chaton, pierre rouge.

158 — **Bague** en argent doré, partiellement émaillée, faite de deux sirènes et pierres bleues.

159 — **Bague** en or, partiellement émaillée, ornée d'une pierre dure.

160 — **Autre bague** en or émaillé, ornée d'une pierre gravée.

161 — **Bague** en or émaillé à fleurettes, ornée d'une pierre bleue.

162 — **Paire de pendants** d'oreilles en or. Travail antique égyptien.

OBJETS VARIÉS

Vitraux

163 — VITRAIL en forme de quatrefeuille, offrant au centre un écusson avec deux clefs croisées sur fond rouge ; inscription et date MDXLVI au pourtour. XVIe siècle.

Diam., 31 cent.

164 — AUTRE VITRAIL circulaire à figure de saint personnage et fond de paysage.

Diam., 24 cent.

165 — DEUX FRAGMENTS DE VITRAUX dont l'un de forme ovale, offrant tous deux des armoiries. XVIIe siècle.

166 — VERRIÈRE formée de trois vitraux rectangulaires, l'un représentant Daniel dans la fosse aux lions, du XVIe siècle ; les deux autres, Adam et Ève et un ange, avec inscriptions. Suisse, XVIIe siècle.

Haut., 23 et 33 cent.; larg. totale, 60 cent.

167 — AUTRE VERRIÈRE analogue à la précédente, offrant trois vitraux rectangulaires ; deux du XVIe siècle, le troisième du commencement du XVIIIe siècle.

Haut., 23 et 33 cent.; larg. totale, 64 cent.

168 — QUATRE VITRAUX rectangulaires à sujets d'armoiries, attributs, personnages et cartel d'inscription. Suisse, XVIIe siècle.

Haut., 67 cent. ; larg., 49 cent.

169 — DEUX VITRAUX circulaires : Samson emportant les portes de Gaza ; armoiries faites d'un aigle à deux têtes avec couronne fermée et animaux.

Diam., 30 et 32 cent.

170 — VASE à col ondulé, en verre vert de Venise ; monture en cuivre doré à deux anses, mascarons et piédouche. Fin du XVIᵉ siècle.

171 — PETITE COUPE à piédouche, en verre rouge de Venise, enrichie d'une monture à deux anses et collerette en argent doré. Fin du XVIᵉ siècle.

172 — PAIRE DE PETITS VASES en verre bleu de Venise, enrichis d'une monture : col, deux anses, appliques et piédouche en bronze doré. Fin du XVIᵉ siècle.

173 — UN LOT DE TENTURES en cuir de Cordoue. XVIIIᵉ siècle.

174 — PAIRE DE FLAMBEAUX en bronze gravé et doré, à tige balustre et base polygonale. Époque Louis XIV.

175 — FLAMBEAU en cuivre doré. XVIIIᵉ siècle.

176 — GRANDE PENDULE d'applique sur son socle-support, en marqueterie de cuivre sur écaille, richement ornementée de bronzes. Époque Régence.

177 — STATUETTE allégorique de l'Amour, sur socle orné de guirlandes en ancienne terre cuite du XVIIIᵉ siècle.

178 — PAIRE DE VASES, forme balustre en marbre.

Haut., 54 cent.

179 — BAS-RELIEF en étain : Sainte Famille.

180 — COUPE sur base cubique, en malachite avec monture en bronze doré, mouluré et inscriptions. Milieu du XIXe siècle.

Haut., 76 cent.

DENTELLES

181 — ALENÇON (Point d'). Une coupe.

Long., 1 m. 15; haut., 7 cent. 1/2.

182 — ALENÇON (Point d'). Une coupe (une couture).

Long., 1 m. 70; haut., 8 cent. 1/2.

183 — ALENÇON (Point d'). Deux coupes.

Long., 2 m. 10, 2 m. 25; haut., 8 cent. 1/2.

184 — ALENÇON (Point d'). Une coupe dentelée.

Long., 3 m. 25; haut., 3 cent.

185 — ALENÇON (Point d'). Une coupe.

Long., 1 m. 30; haut., 5 cent. 1/2.

186 — ALENÇON (Point d'). Une coupe.

Long., 1 m. 95; haut., 9 cent.

187 — ALENÇON (Point d'). Une coupe.

Long., 1 mètre; haut., 7 cent. 1/2.

195 188 — ALENÇON (Point d'). Une coupe (couture).

> Long., 1 m. 65; haut., 11 cent.

70
Pauline 189 — ALENÇON (Point d'). Une coupe.

> Long., 1 m. 75; haut., 7 cent.

100
51 190 — ALENÇON (Point d'). Deux coupes.

> Long., 70 cent.; 70 cent.; haut., 9 cent.

140 191 — ALENÇON (Point d'). Une coupe (coutures).

> Long., 3 m. 50; haut., 8 cent.

192 — ALENÇON (Point d'). Deux coupes variées réunies.

> Long., 1 m. 60; haut., 8 cent.

193 — ANGLETERRE (Point d'). Une coupe (2 coutures).

> Long., 2 m. 90; haut., 5 cent.

194 — ANGLETERRE (Point d'). Une coupe (2 coutures).

> Long., 2 m. 15; haut., 5 cent. 1/2.

620
1 195 — ARGENTAN (Point d'). Coupe (3 coutures).

> *Très beau* Long., 1 m. 50; haut., 13 cent.

2 ou
Camerino 196 — ARGENTAN (Point d'). Deux coupes. *superbes et très larges*

> Long., 2 m. 30, 2 m. 35.

80 197 — BINCHES. Entre-deux.

> Long., 3 m. 25; haut., 4 cent.

198

2 00

198 — BINCHES. Deux petites coupes variées.

Long., 1 m. 40, 75 cent.

100 / 65

199 — FLANDRE (Point de). Deux coupes.

et 201

Long., 1 m. 20, 1 m. 20; haut., 8 cent. 1/2.

100 / 130

200 — GÊNES (Point de). Encadrement dentelé.

Développement, 1 m. 80; haut., 11 cent.

201 — MALINES. Deux coupes variées.

Long., 60 cent., 80 cent.; haut., 9 cent., 5 cent.

80 / 101

202 — MALINES. Trois coupes.

Long., 1 m. 25, 1 m. 20, 2 m. 20; haut., 5 cent.

200 / 115

203 — MALINES. Deux coupes (une avec couture).

Long., 1 m. 40, 60 cent.; haut., 6 cent. 1/2.

204 — MALINES. Deux coupes.

Long., 1 m. 60, 1 m. 60; haut., 12 cent. 1/2.

100 / 2 05

205 — MALINES. Coupe (une couture).

Long., 3 mètres; haut., 11 cent.

206 — MALINES. Fond de bonnet.

Diam., 24 cent.

200 / 112

207 — MALINES. Coupe.

Long., 6 m. 50; haut., 9 cent.

300 / 405

208 — VENISE (Point de). Sept pièces *(garniture de corsage)* *moderne*

30 / 50

209 — VENISE (Point de). Petit carré et ~~fragments divers.~~

ÉTOFFES

210 — Tapis, dessus de table carré, en velours vert, brodé de soie de couleur au passé et de métal, arabesques et rinceaux feuillagés. Armoirie de cardinal. XVIIe siècle.

211 — Chape et son chaperon en soie crème brodée au passé, en soie de couleurs, rinceaux de feuillages, de fleurs et de fruits animés d'oiseaux. XVIIe siècle.

212 — Devant d'autel en satin crème brodé à ramage de feuillages, fleurs et fruits, en soie de couleur et métal. XVIIe siècle.

213 — Tapis rectangulaire, formé de quatre lais en ancien velours rouge.

214 — Six robes et gilet chinois, en satin brodé de couleurs diverses. (Sera divisé.)